AF240371

24391

INSCRIPTIONS

POUR

METTRE AU BAS

DE DIFFÉRENS TABLEAUX

EXPOSÉS AU SALLON DU LOUVRE

EN 1787.

A LONDRES,

Et se trouvent A PARIS,

Chez ROYEZ, Libraire, quai des Augustins.

1787.

AIR : *Pour la Baronne.*

Sans amertume;
Muse, parlez d'un ton égal;
Songez que la bile consume;
Dites le bien, dites le mal,
Sans amertume.

A M.

VOUS le *savez*, *Monsieur*, *voici la seconde fois que je fournis des Inscriptions pour les Tableaux exposés de deux ans en deux ans au sallon du Louvre. On n'a point à me reprocher une critique partiale & amère ; je loue autant que je blâme. Si l'on m'objectoit que les Tableaux dont je parle, essuient une critique que les autres ne partagent pas, je répondrois d'abord qu'il n'est point de Tableau cité dans mes Inscriptions, dont je ne fasse beaucoup de cas. J'ajouterois ensuite que si leurs beautés ne m'eussent pas frappé encore plus que leurs défauts, je ne les aurois pas cités. Pour vous le prouver, Monsieur, je me contenterai de deux exemples. Dès le N°. 1, vous verrez que je ne dis que du bien du tableau de M. Vien, parce qu'il me plaît beaucoup. Cependant j'aurois pu dire avec raison que son Hector paroît un peu lourd et matériel. Au N°. 16, je loue sans réserve l'ouvrage de M. Suvée, mais aurois-je eu tort de lui reprocher d'avoir fait de son Coligni une figure trop courte ; ce qui lui donne l'air d'un Santeur. Je n'étendrai pas plus loin ces observations ; elles*

*suffiront sans doute pour vous engager à ne pas
attacher à la critique que je fais des autres Tableaux
plus d'importance, que je n'ai prétendu en attacher
moi-même.*

INSCRIPTIONS

POUR mettre au bas de différens Tableaux exposés au sallon du Louvre, en 1787.

N°. 1.

Les adieux d'Hector & d'Andromaque, par
M. Vien.

LA bonne composition !
Ordre, clarté, correction,
Tout cela prouve un auteur sage :
De Monsieur *Vien* voilà l'ouvrage.

N°. 2.

Une femme Grecque couronnant sa fille, par
M. Vien.

Une mere ajustant complaisamment sa fille,
Afin qu'à l'église elle brille,
Ce sujet est de tout pays ;
Mais cette femme est Grecque, on le dit, j'y souscris.

A iij

N°. 4.

Sapho chantant ses vers sur sa lyre , par M. Vien.

Sapho passoit pour n'être pas jolie,
Il nous faudra quitter ce préjugé ;
Depuis sa mort elle est fort embellie,
Et pour son bien elle a beaucoup changé.

N°. 5.

Alexandre considérant la fermeté d'un Satrape de Darius , par M. de la Grenée, l'aîné.

L'air noble annonce bien un fameux conquérant,
Par-là , quoique petit , un héros paroît grand :
Sous son casque Alexandre a petite figure,
Et s'il est un héros , ce n'est pas en peinture.

N°. 6.

Esquisse du Tableau précédent , par M. de la Grenée , l'aîné.

En voyant ce tableau je suis un peu surpris,
Il est permis pourtant d'exposer une esquisse ;
Mais voulez-vous que je vous applaudisse,
Présentez-moi chose qui vaille un prix.

N°. 12.

Le jeune fils de Scipion rendu à son pere par Antiochus, par M. Brenet.

Scipion a de la nobleffe,
Et l'on voit bien que fa fierté
S'humanife par la tendreffe
Qu'il reffent pour fon fils, remis en liberté.

N°. 13.

Ulyffe arrivant dans le palais de Circé, par M. de la Grénée, le jeune.

Circé connoît peu la tendreffe,
Et ce n'eft qu'une enchantereffe,
Qu'Ulyffe brave avec effet;
De leur ton je fuis fatisfait.

N°. 16.

L'amiral de Coligni en impofe à fes affaffins, par M. Suvée.

Mon fuffrage jamais ne doit être fufpect,
Trouver le vrai, c'eft le but où j'afpire:
O Coligni, j'approuve le refpect
Qu'à tes noirs affaffins ton afpect feul infpire.

N°. 22.

Renaud & Armide, par M. Vincent.

Jamais trop ou trop peu, voilà le difficile ;
Plus d'un peintre s'y trompe, encore qu'il soit habile :
Autrefois celui-ci rembruni, moins galant,
Soudain avec excès passe du noir au blanc.

N°. 23.

Henri IV & Sully, (Tableau très-intéressant)
par M. Vincent.

Dans notre Henri IV, il n'est rien qui ne plaise.
Il paroît toujours grand, il paroît toujours beau ;
Mais il est resserré dans ce moyen tableau,
Un bon Roi tel que lui, partout doit être à l'aise.

N°s. 25, 26, 27.

Vue de la démolition de l'église des Innocens,
par M. de Machy.

Que l'église des Innocens
Cause encore des regrets, on le veut, j'y consens :
Je verrois avec plus de peine
Qu'elle fît oublier sa superbe fontaine.

N°. 30.

Un calme au coucher du Soleil , par M. Vernet.

Vernet fut un Soleil du levant au couchant.
  Il nous charma dès son aurore ;
Brillant dans son midi ; enfin sur son penchant,
Son rayon rend le jour foible, mais doux encore.

N°. 46.

L'intérieur du temple de Diane à Nismes , par
M. Robert.

A - t - on représenté ce temple de Diane
Tel qu'il fut autrefois ou qu'il est aujourd'hui ?
Que le peintre le dise, on s'en rapporte à lui ,
  Et là dessus plus de chicane.

N°. 49.

Le pont du Gare , par M. Robert.

  Dites pourquoi le pont du Gare
  Attirant d'abord le regard,
Est bientôt délaissé ! seroit-ce par hasard ,
Ou ne paroît - il pas une piéce si rare ?

N°. 86.

Vue des cascatelles de Tivoli , par M. Hue.

On aime assez le nom de Tivoli,
On peut aimer aussi ses cascatelles ;
Mais sans les mettre au rang des bagatelles,
Plusieurs diront : » cela n'est que joli. »

N°. 100.

M. le Baron d'Espagnac le fils , par Madame
le Brun.

O ! vous êtes joli , tout le monde le dit ;
Enfant, vous n'êtes pas en effet sans mérite ;
Mais vous devez pourtant mainte & mainte visite
A la couleur de votre habit.

N°. 105.

M. Caillot en chasseur , par Madame le Brun.

Oui, je le reconnois cet aimable enchanteur ,
Sa gaîté paroissoit extrême ;
Bon chasseur comme bon acteur ,
A la chasse, au théâtre, il fut par-tout le même.

N°. 106.

Madame le Brun tenant sa fille dans ses bras ,
par Madame le Brun.

Si madame le Brun se peint comme une belle ,
Ou tenant ses pinceaux , ou tenant son enfant,
On s'imagine voir dans son air triomphant
Le Peintre amoureux de son modele.

N°. 107.

Mademoiselle le Brun tenant un miroir, par
Madame le Brun.

Dans un même portrait offrir deux fois aux yeux
Le même objet tenant un meuble de toilette,
Sans qu'on puisse objecter que l'auteur se répete,
Ce trait est fort ingénieux.

N°. 119.

Socrate au moment de prendre la cigue, (très-
beau Tableau) par M. David.

Socrate condamné doit prendre le poison;
Au lieu de l'avaler, il sermone en prison;
Il anime son auditoire,
Et nous paroît ici tel que le peint l'histoire.

N°. 120.

*La reconnoissance d'Oreste & d'Iphigenie dans
la Tauride*, (Tableau d'un grand effet) par
M. Regnault.

Oreste est sur le point d'être sacrifié;
Dans le temple où se fait cette cérémonie;
En la Prêtresse il voit sa sœur Iphigénie,
C'est un fantôme, il doit en paroître effrayé.

N°. 128.

Un enfant jouant avec un chien, (c'est la nature même) par M. Wertmuller.

Avec ses jeux l'aimable enfance,
Représente bien l'innocence :
Qu'un enfant joue avec un chien,
On le contemple, & l'on fait bien.

N°. 137.

Fête de Cerès pendant laquelle les femmes de Sparte combattent & vainquent un parti de Messeniens, qui ont tenté de les enlever, par M. le Barbier, l'aîné.

La fête de Cerès autrefois très-sacrée,
Étoit pendant la nuit tous les ans célébrée ;
Sans doute on y cachoit des désordres d'amour :
Ce Tableau n'en dit rien, tout s'y passe de jour.

N°. 150.

Une tête d'étude, par M. Vestier.

Dans une grande fête,
Tout visage inutile est un être importun :
Voyez-vous cette tête avec son air commun,
Changez-moi cette tête.

N°. 164.

Cyanippe immolé par sa Fille, qui se poignarde enfuite, par M. Perrin.

A tout Tableau sans doute il faut de l'ombre,
Car l'ombre fait fortir les couleurs qu'on doit voir :
Pere et fille immolés, ce fujet eft très-fombre ;
Pourquoi par les couleurs le rendre encore plus noir?

N°. 166.

Venus defcendant du ciel pour guérir Énée, par M. Perrin.

Venus fur un nuage affife de côté,
Ne nous préfente rien dont on foit enchanté,
Elle n'offre qu'un dos d'une longueur extrême ;
Reconnoît-on ici Venus, la beauté même ?

N°. 177.

S. Louis defcendant à Damiette avec fon armée, précédée d'une grande croix ; par M. Robin.

Grand appareil ! On voit une proceffion
Qui paroît convenir dans une miffion :
Si ce n'eft plus ainfi que l'on vole aux combats,
Il faut s'en prendre au tems, car tout change ici bas.

N°. 178.

S. Louis panfant les malades de fon armée, par
M. Robin.

Un Roi peut s'abbaiffer par grande piété
A panfer d'un foldat la fanglante bleffure ;
    Mais cet acte d'humilité
Ne fait dans un Tableau qu'une trifte figure.

N°. 181.

La mort du Duc Léopold de Brunfwick, par
M. Wille, fils.

Eft-ce là ce héros, qui bravant la tempête,
Et courant aux dangers, a vu finir fon fort ?
Dans ce Tableau veut-il braver ou fuir la mort ?
Il a l'air défolé d'un homme qu'on arrête.

N°. 213.

Un Hermite préchant en plein air, par M. Taunay.

On a vu plus d'un hypocrite
Séduire par de beaux difcours :
Hypocrite ou non, cet Hermite
Aux curieux plaira toujours.

[17]

N°. 226,

Portrait en pied de M. M., par M. Mosnier

L'étiquette eſt pour certains lieux,
Sans peine j'y ſouſcris, & je la trouve au mieux :
Au Sallon pourquoi donc paroître
Dans ſa robe de chambre en riche petit maître ?

N°. 227.

Portrait, par M. Mosnier.

Peintres, laiſſez de l'art la brillante impoſture ;
Plus qu'il ne vaut ſouvent vous le priſez :
Peignez femme jolie avec les bras croiſés ;
Voilà la femme, elle eſt d'après nature.

N°. 228,

Alexandre domptant Bucephale, par M. Monſiau,

On a dit qu'Alexandre, en domptant Bucephale,
Annonçoit qu'il devoit dompter le monde entier ;
Ce pronoſtic ôté, je vois un écuyer,
Montant tout ſimplement ou cheval ou cavale.

N°. 237.

Bayard parlant à ſon épée, par M. Bridan.

Après avoir armé ſon Prince Chevalier,
Bayard paroît parler à ſon épée.
Que lui dit-il ſur ce fait ſingulier ?
Son air dit qu'il en rit comme d'une équipée.

N°. 240.

Le Maréchal de Luxembourg, par M. Mouchy.

Ce fameux Maréchal dont l'ennemi difoit
En enrageant beaucoup : » il faut que je le rofle. »
Pour ceux qui le voyoient étoit-il ainfi fait ?
En ce cas là pourquoi parloit-on de fa bofle ?

N°. 249.

Racine, par M. Boizot.

Ce marbre qui rend bien toute fa reffemblance,
Eft comme fes écrits poli, bien travaillé,
Et Racine jamais ne fut mieux habillé ;
On diroit que pour lui tout prend l'air d'élégance.